本書由里奧波德出版社和莫瑞泰斯皇家美術館聯合出品。

莫瑞泰斯皇家美術館

位於荷蘭海牙

www.mauritshuis.nl

莫瑞鼠與偷畫賊 / 英格麗與迪特・舒伯特
(Ingrid & Dieter Schubert) 文・圖;郭騰傑譯.
-- 初版 . -- 新北市:字畝文化出版:遠足文化事
業股份有限公司發行 , 2021.03
　面;　公分

譯自 : Maurits muis
ISBN 978-986-5505-51-6(精裝)

881.6599　　　　　　　　　　109018453

莫瑞鼠與偷畫賊
Maurits Muis

作　　者｜英格麗與迪特・舒伯特 Ingrid & Dieter Schubert
譯　　者｜郭騰傑

社　　長｜馮季眉　　　　　　　　讀書共和國出版集團
編輯總監｜周惠玲　　　　　　　　社　　長｜郭重興
責任編輯｜戴鈺娟　　　　　　　　發行人兼出版總監｜曾大福
編　　輯｜李晨豪、徐子茹　　　　印務經理｜黃禮賢
美術設計｜許庭瑄　　　　　　　　印務主任｜李孟儒
出　　版｜字畝文化　　　　　　　法律顧問｜華洋法律事務所　蘇文生律師
發　　行｜遠足文化事業股份有限公司　印　　製｜通南彩色印刷有限公司
地　　址｜231 新北市新店區民權路 108-2 號 9 樓
電　　話｜(02)2218-1417　　　　　2021 年 3 月　初版一刷
傳　　真｜(02)8667-1065　　　　　定　價｜330 元
電子信箱｜service@bookrep.com.tw　書　號｜XBER0003
網　　址｜www.bookrep.com.tw　　ISBN｜978-986-5505-51-6

莫瑞鼠與偷畫賊

Maurits Muis

英格麗與狄特・舒伯特 文・圖
Ingrid & Dieter Schubert

郭騰傑 譯

每天晚上，夜深人靜時，莫瑞鼠就會出現。

他ㄊㄚ伸ㄕㄣ伸ㄕㄣ懶ㄌㄢ腰ㄧㄠ，將ㄐㄧㄤ衣ㄧ領ㄌㄧㄥ弄ㄋㄨㄥ平ㄆㄧㄥ整ㄓㄥ，並ㄅㄧㄥ順ㄕㄨㄣ直ㄓ他ㄊㄚ的ㄉㄜ大ㄉㄚ衣ㄧ，每ㄇㄟ天ㄊㄧㄢ這ㄓㄜ個ㄍㄜ時ㄕ候ㄏㄡ開ㄎㄞ始ㄕ，就ㄐㄧㄡ由ㄧㄡ他ㄊㄚ負ㄈㄨ責ㄗㄜ看ㄎㄢ守ㄕㄡ美ㄇㄟ術ㄕㄨ館ㄍㄨㄢ。

美術館裡，到處都有好吃的食物。
這裡有令人垂涎的草莓，那裡還有一塊好大的乳酪！
他的肚子開始咕嚕作響。

莫瑞鼠從大老遠就能聞到花香。
哪一朵花最漂亮呢？是鬱金香？或是牡丹花？
還是……呃，這是什麼？
毛毛蟲！
而那裡還有……蒼蠅！
莫瑞鼠嚇了一大跳，趕緊離開。

莫瑞鼠在美術館漫步，走到〈從天堂墮落〉這幅畫
前，他興高采烈的向畫裡所有的動物揮手。
畫中的獅子負責看守，大家都和平相處，
看起來既快樂又滿足，沒有人會害怕這些野生動物——
就算是小小的莫瑞鼠也不怕。

除了公牛。

莫瑞鼠唯一害怕的就是公牛，他對公牛很不放心。

經過公牛的畫前，莫瑞鼠躡手躡腳、小心翼翼的走，

絕對不能被公牛看見，他得盡快離開。

這種蠻牛容易抓狂，尤其是當他們看見紅色的時候！

千萬要小心。

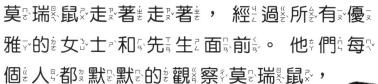

莫ㄇㄛˋ瑞ㄖㄨㄟˋ鼠ㄕㄨˇ走ㄗㄡˇ著ㄓㄜ˙走ㄗㄡˇ著ㄓㄜ˙， 經ㄐㄧㄥ過ㄍㄨㄛˋ所ㄙㄨㄛˇ有ㄧㄡˇ優ㄧㄡ
雅ㄧㄚˇ的ㄉㄜ˙女ㄋㄩˇ士ㄕˋ和ㄏㄜˊ先ㄒㄧㄢ生ㄕㄥ面ㄇㄧㄢˋ前ㄑㄧㄢˊ。 他ㄊㄚ們ㄇㄣ˙每ㄇㄟˇ
個ㄍㄜˋ人ㄖㄣˊ都ㄉㄡ默ㄇㄛˋ默ㄇㄛˋ的ㄉㄜ˙觀ㄍㄨㄢ察ㄔㄚˊ莫ㄇㄛˋ瑞ㄖㄨㄟˋ鼠ㄕㄨˇ，
看ㄎㄢˋ看ㄎㄢˋ他ㄊㄚ是ㄕˋ否ㄈㄡˇ舉ㄐㄩˇ止ㄓˇ得ㄉㄜˊ宜ㄧˊ，
或ㄏㄨㄛˋ是ㄕˋ調ㄊㄧㄠˊ皮ㄆㄧˊ搗ㄉㄠˇ蛋ㄉㄢˋ。

不ㄅㄨˊ過ㄍㄨㄛˋ， 有ㄧㄡˇ個ㄍㄜˋ男ㄋㄢˊ孩ㄏㄞˊ總ㄗㄨㄥˇ是ㄕˋ在ㄗㄞˋ笑ㄒㄧㄠˋ他ㄊㄚ。
「 真ㄓㄣ是ㄕˋ頑ㄨㄢˊ皮ㄆㄧˊ的ㄉㄜ˙小ㄒㄧㄠˇ鬼ㄍㄨㄟˇ。 」莫ㄇㄛˋ瑞ㄖㄨㄟˋ鼠ㄕㄨˇ心ㄒㄧㄣ想ㄒㄧㄤˇ，
「 他ㄊㄚ應ㄧㄥ該ㄍㄞ有ㄧㄡˇ點ㄉㄧㄢˇ教ㄐㄧㄠˋ養ㄧㄤˇ才ㄘㄞˊ對ㄉㄨㄟˋ！ 」

幸ㄒㄧㄥˋ好ㄏㄠˇ， 莫ㄇㄛˋ瑞ㄖㄨㄟˋ鼠ㄕㄨˇ心ㄒㄧㄣ儀ㄧˊ的ㄉㄜ˙女ㄋㄩˇ孩ㄏㄞˊ總ㄗㄨㄥˇ會ㄏㄨㄟˋ戴ㄉㄞˋ著ㄓㄜ˙
美ㄇㄟˇ麗ㄌㄧˋ的ㄉㄜ˙珍ㄓㄣ珠ㄓㄨ耳ㄦˇ環ㄏㄨㄢˊ， 等ㄉㄥˇ著ㄓㄜ˙和ㄏㄜˊ他ㄊㄚ見ㄐㄧㄢˋ面ㄇㄧㄢˋ。
「 至ㄓˋ少ㄕㄠˇ她ㄊㄚ會ㄏㄨㄟˋ甜ㄊㄧㄢˊ蜜ㄇㄧˋ的ㄉㄜ˙對ㄉㄨㄟˋ我ㄨㄛˇ微ㄨㄟˊ笑ㄒㄧㄠˋ！ 」
莫ㄇㄛˋ瑞ㄖㄨㄟˋ鼠ㄕㄨˇ期ㄑㄧˊ待ㄉㄞˋ著ㄓㄜ˙， 「 再ㄗㄞˋ轉ㄓㄨㄢˇ個ㄍㄜˋ彎ㄨㄢ就ㄐㄧㄡˋ到ㄉㄠˋ
了ㄌㄜ˙……」

莫瑞鼠瞬間停了下來，就像被閃電擊中。
「怎麼回事？我心儀的女孩去哪裡了？」
莫瑞鼠的臉色變得蒼白，不知所措的他，
開始放聲尖叫，導致四周開始震動、搖晃……

噗

啪

咚……

噢！

「莫瑞鼠！怎麼了？」大夥兒發出咯咯吱吱的聲音。

畫裡的動物紛紛跳了出來，並趕緊與莫瑞鼠會合。

「那個女孩不見了！」莫瑞鼠哭喊著。

「她去哪兒了？」青蛙呱呱呱叫著。

「她跑掉了嗎？」烏龜喃喃自語。

莫瑞鼠大力搖搖頭，抬起顫抖的手，指著牆壁，

「她……被偷了，被搶了，被捉走了，被綁架了！」

一時之間，屋裡充斥著各種出於害怕的低語，恐懼彌漫了整座美術館。

「小偷！」

「可惡的小偷！」

「也許他也會把我們搶走……」

「他會把我們賣掉……」

「……還會把我們切成碎片。」

「大家安靜！」莫瑞鼠大喊：
「我們得捉住這個可惡的偷畫賊。誰想加入？」

豚鼠們激烈的揮舞拳頭，嘎嘎叫嚷著：
「上吧，我們一起捉賊！」
「好！」所有動物齊聲勇敢的大喊。

兔子立即跑進房間，
仔細檢查窗簾後面。
公雞也全神貫注警戒著。
動物們謹慎的搜查美術館各個角落。

「別跑那麼快啊，青蛙兄……」烏龜喃喃著說，
但是青蛙已經迅速跳向前方。

「等等，那是什麼？」

大夥頓時屏息以待，安靜得像小老鼠……
「喀啦！」聲音從上方傳來。

「小偷在那裡！」
所有動物大吼著，以暴風般的氣勢衝上樓梯。

「哈哈哈！你以為我會怕你嗎？小不點！」
小偷挑釁般揮舞著袋子。

他一把抓向莫瑞鼠⋯⋯

一邊踢向青蛙⋯⋯

突然，一個巨大的陰影籠罩了他，
一轉眼又出現另一個巨大的陰影！
小偷緊急轉頭——太晚了！
獅子露出鋒利的牙齒，朝小偷怒吼。
公牛看見紅色也生氣了！
毫不留情的衝向小偷⋯⋯

「碰ㄥˋ！」
小ㄒㄧㄠˇ偷ㄊㄡ像ㄒㄧㄤˋ一ㄧ枚ㄇㄟˊ朝ㄔㄠˊ天ㄊㄧㄢ空ㄎㄨㄥ發ㄈㄚ射ㄕㄜˋ
的ㄉㄜ火ㄏㄨㄛˇ箭ㄐㄧㄢˋ，愈ㄩˋ飛ㄈㄟ愈ㄩˋ高ㄍㄠ……

所有動物一起護送女孩回到她原來的地方。

「我們一起救了她！現在，大家要趕快回到自己的位置。」莫瑞鼠護送他們回到各自的畫裡。

金翅雀和青蛙回去了。

公牛也是，他現在就像綿羊一樣溫馴。

獅子、豚鼠、公雞和兔子也回去了。

還有烏龜——你們走快一點啊！

最後，莫瑞鼠爬進自己的小洞。
雖然他覺得很累，卻很得意。
他從大衣口袋拿出一個東西……

莫瑞鼠期待著明天的到來，
帶著微笑睡著了。